Hom

the Past

MW01384221

Written by Margaret MacDonald

Picture Dictionary

castle

teepees

igloo

Tudor house

In the past, people lived
in a different way
from the way they live today.
Some people's homes
were very different
from what they are today.

A house in the past

A house today

In the past, people did not have
power in their homes.
They had no light bulbs.
They used candles and oil lamps
to see at night.
They had no electric or gas stoves.
They cooked their food
over open fires or on wood cookstoves.
They had no hot water.
They used fire
to heat the water, too.
They had no washing machines.
They washed their clothes by hand.

These people got
their light from oil lamps.

Today, some people still live
in homes that were built
hundreds of years ago.
But these homes now have power.
They have light bulbs.
They have stoves.
They have hot water.
They have washing machines.

Some people lived
in one kind of home in the past.
Today, these people live
in different kinds of homes.

Houses Then
Houses Now
castle
igloo
mud house
teepee
tent
apartments
house

Teepees

In the past,
groups of Native Americans
in the United States
lived in teepees.
Native Americans
do not live in teepees today.
Native Americans made their teepees
from buffalo skins.
They sewed the skins together
and put them over long thin poles.
In the past,
some Native Americans
moved around the country.
They took their teepees with them.

Teepees such as these were easy to move from place to place.

Igloos

In the past, Inuit people in Greenland
lived in homes called igloos
in winter.
Inuit people do not live in igloos today.

Inuit people made their igloos
from hard-packed snow.
They cut the hard snow into blocks.
They stacked the blocks
on top of each other.
They used oil lamps
to light their igloos.

Igloos kept the Inuit people warm in winter.

Castles

Long ago,
some people lived in castles.
Some people still live
in castles today.
Castles are big buildings.
They are made of stone.
Long ago,
castles were very cold and dark.
There was no power
to heat and light them.
Today, castles are warm and bright.

Long ago, kings and queens lived in castles such as this one.

Tudor Houses

Hundreds of years ago,
people in England
built houses called Tudor houses.
People still live
in Tudor houses today.

People used dark wood and stone
to build Tudor houses.
Many Tudor houses had roofs
made of straw.
These roofs are called thatched roofs.

Many people in England still live in Tudor houses such as this one.

Activity Page

1. Draw a picture of the castle on page 13.

2. Who do you think lived in this castle?

3. Write a story about the castle and the people who lived in it.

Do you know the dictionary words?

Es Hora de Dormir para los Dinosaurios

ES LA HORA DE DORMIR PARA LOS DINOSAURIOS

ITOLEE WILLIAMS

“¡Roooaaar!” dice el T-Rex cuando pisa fuertemente sobre el frondoso bosque.

“¡SShhh.........demasiado fuerte!” susurra el cazador.

"Me estás lastimando los oídos."

"Crunch, Crunch, Crunch!"

Dicen los enormes dientes del Estegosaurio, mientras muerde en los helechos verdes frondosos."

“Come despacio,”
hay suficiente para tí y para mí.

¡Splish, Splasssh!

Hace el agua mientras el Espinosaur realiza una enorme inmersión en el océano.

"¡Cuidado con tus amigos!" Gritó el pequeño pez de arrecife.

"¡Sé amable, no los lastimes!"

“¡Heeekkk Heeekkk!"

grita el Pterosaurio en busca de algo para comer.

"Espera un minuto," gritó el escarabajo,

"¡Usa tus pies para caminar!"

Escucha, ¿escuchaste eso?

Ese es el salto, salto, salto del Velociraptor.
Salta alto al aire.

1-2-3
Saltar,
Saltar,
Saltar.

"¡Oh no!"

"Me atrapaste," gritó el pájaro amarillo batiendo sus alas. "Déjame ir ahora, porque debo encontrar comida para mis polluelos."

"¡ Se acabó el tiempo de jugar!"
grita mamá dino,
mientras camina hacia el nido.

"¡Es hora de dormir ahora!"
rugió papá dino mientras se
preparaba para tomar un
descanso.

Finalmente, todos los dinosaurios se acurrucan en sus camas y T-rex ruge buenas noches. Stago besa a mamá en las mejillas y Spino se acurruca más cerca de papá.

Petro levanta la manta y Velo les da a todos un gran abrazo.

"¡Buenas noches!" dijeron, mientras todos se iban quedando dormidos lentamente.

Zzzzzzz.......
Shhhhhhhh.........

¡Todos los dinosaurios están profundamente dormidos!

Los animales carnívoros (carnívoros como Tiranosauros Rex) obtienen su energía al comer otros animales, en su mayoría animales herbívoros (herbívoros como Triceratops). Los herbívoros obtienen su energía comiendo plantas (como cícadas).

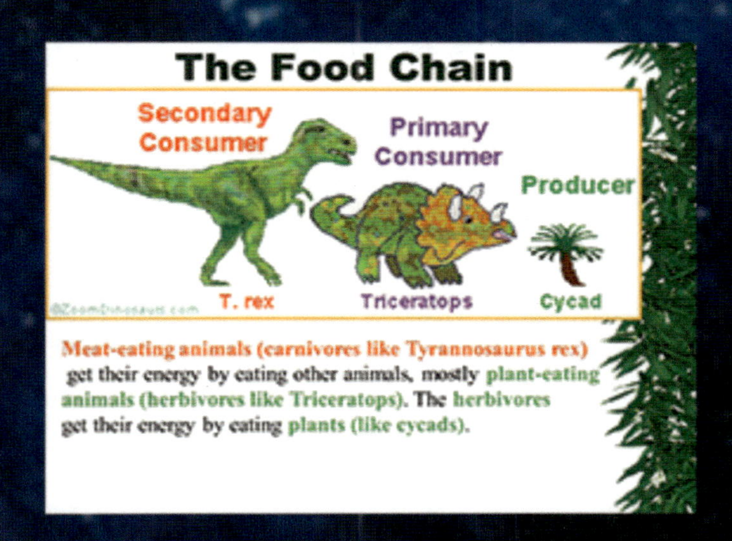

Plant-eating dinosaurs include the Brachiosaurus, the Diplodocus, the Stegosaurus, and the Triceratops.

Notas de la caja de almuerzo de dinosaurio

¡Disfruta tu almuerzo!

!Estoy orgulloso de tí!

¡Trabaja duro y sé amable!

SOBRE EL AUTOR

Itolee Williams, educadora de primaria y primera infancia. Ella cree en la promoción de un entorno de aprendizaje basado en la indagación, inclusivo y que apoye a todos los niños. Ella cree que los niños son aprendices únicos, por lo tanto, deben ser valorados y respetados. Ella busca promover la diversidad y la equidad en un entorno donde los niños son curiosos, pueden investigar y experimentar, mejorar las habilidades sociales y participar en experiencias de aprendizaje auténticas.

Holee Williams

DEDICACIÓN

Con mucho amor y admiración para Greilyn Israel González Tejada. Te deseo todo lo mejor de amor y felicidad. ¡Que tus sueños se hagan realidad!
~ I.V.W ~

Este libro está dedicado a mis siete hermanos que me han ayudado a encontrar mi camino como escritora. Su contínua orientación y apoyo son muy respetados y apreciados. ¡¡Con el amor de Dios de un corazón agradecido!!
Gracias, hermanos.

EXPRESIONES DE GRATITUD

Me gustaría exaltar a Dios dando gracias por la inspiración de haber escrito este libro.
Me gustaría agradecer a Andrae Lyons, Daniel Andrews, Nathaniel Bennett, Christon Bennett que trabajaron conmigo para revisar el contenido de este libro.

Un agradecimiento especial a Alejo quien ayudó a la traducción al español.

Copyright © 2020 Itolee Williams
Todos los derechos reservados.
ISBN: 9798599781479

Ninguna parte de este libro puede reproducirse de ninguna forma ni por ningún medio sin el permiso por escrito del autor.

Manufactured by Amazon.ca
Bolton, ON